저 환한 숲

지혜사랑 303

저 환한 숲

홍정문 시집

지혜

시인의 말

깊은 밤
책상 위에 시가 누워 있습니다

흐트러진 운율 속에서
오롯한 숨결을 찾듯
말의 맥을 손끝으로 짚어가다 보니
한 줄 한 줄의 감정이
환한 얼굴로 살아납니다

시가 깨어나
아침 햇살 가득한
싱그러운 숲으로 달려갑니다

그곳에서
숲의 노래가 시작됩니다

2025년 봄
홍정문

차례

1부

2부

3부

4부

- 일러두기

  페이지의 첫줄이 연과 연 사이의 띄어쓰기 줄에 해당할 경우 >로 표
  시합니다.

1부

ctrl+c를 누르며

해 아래 첫 숨을 터뜨리며
홀로 깜박이고 있었다

고요한 밤하늘을 바라보며
원본의 흔적을 남기고 싶었지만

바람에 흔들리고
비에 젖으며
파도 속으로 스러진 그림자

너는 나를
잘라내고
다듬고
다시 그렸다

너의 손길에 복제되어
짠맛을 잃어버렸다

건빵을 씹으며

어깨에 배낭 짊어지고 가파른 언덕을 오르다가
감나무 그늘이 우거진 너럭바위 위에 앉는다

노랫소리 흩날리고
축구 경기가 한창 싱싱하다

군용 건빵을 입에 넣는다
메마른 건빵에 맺혀 우적우적 고개를 넘지 못한다

건빵은 가루가 되어 헛기침만 맴돌지만
팍팍한 건빵의 턱을 끝까지 씹어 넘기로 했다

고무줄놀이

동서대로 사거리
흰 장갑에 빨간 잠바를 걸치고
봄 햇살 같은 웃음 날리며
머리 위로 연신 하트를 그리는
잔뜩 내려앉은 노인이 서 있다

왁자지껄 선거철도 아닌데
봄바람이 살랑거릴 때
무엇을 품었는지
허리에 단단히 동여매고
짧은 고무줄을 길게 잡아당긴다

홈런 타자는 꼭 물을 마신다

하늘을 가르며 공이 담장을 넘는다
움켜쥔 방망이의 떨림이
아직 손끝에 남아 있는데

천천히 베이스를 돈다
함성에 따라 원을 그리며
1루, 2루, 3루
그리고 홈으로

짧고도 뜨거운 비행이 있었고
중력에서 풀려나 착륙하기 위해
순례자처럼
물을 마신다

등꽃처럼

배배 꼬이며 시작된
울퉁불퉁한 그 길이

평면을 만나며
물 흐르듯 바람결 따라
연보랏빛 레이스를 타고

스스럽게 흔들리는 꽃떨기
아래로
아래로
등꽃
종이
울
린
다

벚꽃잎 얼굴

보문산 벚꽃 숲에서
오래전에 실종된 사촌 형이
벚꽃잎을 이고 걸어 나온다

바람에 흔들리고
차가운 비에 젖은 젊은 생
향기로 어려들
하얀 꽃을 찾아 떠났다

작은 체구에
턱을 괴고 쭈그려 앉은
벚꽃잎 얼굴로 걸어 나온다

보랏빛 성경

보랏빛으로 물든 동네 지붕
도라지꽃과 어울린 비트밭

이 섬으로 열여덟에 시집와
젊어 과부가 된
잔뜩 꼬부라진 할머니가 산다

품 떠난 자식 잘되라고
억척스레 미역 건져 올린 손으로
성경책을 넘긴다

잠자듯 꿈꾸듯
고요히 가고 싶단다

우족탕의 봄나들이

중심을 잡고 초원을 건너온
아내의 다리

우족탕 선물은
소에게 고깃덩이를 던져준 격이 되었다

한 발 내디디며
서로의 다리가 되어 주고 싶었을 뿐

펄펄 휘몰아치다가
층층이 쌓여 굳어버린 동토를
손잡고 함께 걸어가고 싶었을 뿐

우족탕은
내 입에서
풀어지고 말았다

저수지에서 나오다

친구는 고삐 풀린
얼음 저수지에
들어가 나오지 않았다

동네 아저씨가
바닥을 휘저어봤지만
그는 봄으로 떠오르지 못했다

겨울마다 친구 아버지는
꽝꽝 언 저수지에
대못 하나 박고 나왔다

이제 친구는 저수지 바깥이므로
다시는 저수지에 잠기지 않을 것이다

처음 보아도

선생님은 너무 못생겨서 결혼을 못 하겠어요

초등생 1학년 여자아이가 빤히 바라보며 말한다

다행히 결혼은 할 수 있었어
누군가
자세히 보아야 예쁘다
오래 보아야 사랑스럽다고 말했는데
나도 그랬을 거야

하지만 너는
처음 보아도
예쁘고 사랑스러운 아이

나라는 공간

손바닥을 오므리듯
겹겹이 투명한 벽을 쌓아
경계의 금을 그어봅니다

고립의 요새
집착의 그늘

나는 유리잔이므로
외부의 충격에
산산이 부서져 내렸습니다

그래도 여전히 남아 있는
그 안의 여백처럼

봄날

서대전 사거리
쓰레기 잔뜩 쌓인 전봇대를 택한 노인
보란 듯이 허리춤을 내린다

시원하게 오줌발 세워보고 싶지만
쫄쫄쫄 신발 등만 적시고
느릿느릿 사라진다

크게 한 번 키워보지 못한
쭈글쭈글한 비밀을
만천하에 공개한 어느 봄날이었다

별이가 별이 되다

아이들이 양말을 재단하여
토끼를 만들고 있다

어린 손길 따라
바늘은 꼬부랑 고개를 넘는다

조용한 교실에서 터진
덩치 큰 아이의 울음소리

오늘 아침
별이라는 이름의
햄스터가 죽었단다

손에 쥔 실밥 터진 토끼 인형이
별이가 되어 찾아왔다

나는 반추동물이다

그늘진 초원에서 풀을 뜯었다
밤새도록 되새김질하지만
성기고 질겨서 쉽게 넘어가지 않는다

찢긴 조각은
지긋지긋한 말처럼 맴돌고
소문은 꼬리를 물고 얽혀간다

몸은 쇠약해지고
씹을 힘도 다해가고
생각의 소용돌이가 깊어질수록
드릴처럼 스스로를 파고든다

그래도 단단한 이빨로
씹고
또 씹으며

말을 던지다

입술 위에 투수가 섰다
꿈틀거리는 말을 감아쥐고
내뱉은 구종은 포심패스트볼

폭풍같이 땅을 가르고
귀가 멍해지며
차가운 공기가
그라운드를 팽팽히 지배했다

커브를 예상했지만
여지없이 상처에 꽂혔다

판장횟집

푸르른 대청호 물결 따라
소달구지처럼
슬금슬금 굴러간다

송어회와 풍성한 채소,
초장, 들기름, 콩가루, 고추냉이,
마늘 양념이
마구 합작한 이야기가 펄떡인다

차디찬 은빛 물결 얼비치는
겨울을 끌어안고
대청호가 풀어지는 봄날에서야
진하게 정이 든다는 매운탕
대청호 따라
그리움 따라
나도 흘러간다

물렁물렁하게 살아온
보은 어머니처럼
주섬주섬 펼쳐진 밥상이므로

얼룩진 눈동자

중고 서점에 들렀는데
해바라기가 부르는 노래가 잔잔하게 흘러
출입구에 떨어진다

문 열고 들어서니
캄캄한 눈시울 나를 빤히 내려다본다

길손의 추파 기다리며
눈동자 느리게 깜박이고
두덕두덕 박힌 눈들이
내 지난 후각을 흔들어 깨운다

김광규 시인의 86년생 「크낙산의 마음」
누렇게 얼룩진 곳에
내 눈길이 멈춘 순간
꾸밈없이 맑은 눈동자 반짝인다

나는 그 눈과 마주했고
눈동자는 눈 길게
흥얼흥얼 출입구로 향한다

피해망상

서릿발이 곤두선
계수나무 아래

잠들지 않는
도둑고양이가 웅크리고 있다

한밤의 침묵을 깨어 버릴 듯
동그랗게 뜬 눈으로 귀를 세우고 노려보자
별빛조차 숨을 고른다

스릴러의 한 장면처럼
거칠고 날선 울음을 흩뿌리며
새벽을 집어삼킨다

파로호

지난밤 비가 내렸고
새벽, 길 위엔 얼음꽃이 피었다

나는 자전거를 끌고
안개 짙게 내려앉은 빙판길을 걸었다

깊고 푸른 파로호에서
물 한 바가지 퍼마시고

지름길을 돌아 돌아
기어이 여기에 오고 싶었다

먼저 피는 일에 대하여

잎 하나 없이 피어난다, 벚꽃은
아직 골목은 차갑고
담벼락에 길게 누워 있는 그림자

꽃은 머뭇거리지 않는다
바람 한 점에도 설레고
햇살 한 줄기에도 눈부시므로

깊은 속에 머물러 있는
눈송이 같은 여린 살을
가장 먼저 꺼내 놓는다

그러니 너도 가끔은
먼저 핀 벚꽃처럼
먼저 웃어도 괜찮다

먼저 좋아해도
먼저 울어도
먼저 길이 되어도 괜찮다

벚꽃은 겨울을 기억한다

한때는 말 한마디조차 흩어질까
숨죽였지

고요한 숨결이 지붕 위에 내려앉으며
속삭임으로 가득했어

계절을 건너온 나무는
꽃잎마다 하얗게 스며드는 얼굴을 잊지 않았지

꽃은 눈처럼 내리고 눈은 꽃처럼 지니
그 둘은 닮은 사랑인지도 몰라

잊힌 계절은 없어
그리움도, 차가움도
따스하게 녹아 흔들릴 뿐

2부

푸른 잎사귀처럼

수락계곡 수영금지구역에
거침없이 뛰어드는 사내
삼각팬티가 근육질의 엉덩이에 슬쩍 걸려 있다

바위 사이로 거칠게 흐르는 물살이
그를 후려칠 때
사내는 금지된 경계를 만끽하며
주변 시선마저 잊은 듯
팬티 차림으로 주차장을 오갔다

여자 친구는 미친 듯 사진을 찍어대는데

수락계곡 풍경이 된 사내는
푸른 잎사귀처럼 가벼워졌다

남성 커트 전문

그녀는
원하는 스타일을 묻지 않았다

투박한 손길로
남자의 자존심에 물을 뿌려대더니
한 달간 자란 팽팽한 사연을
가위로 싹둑 잘라냈다

웃자란 격식을 빗질하는
손

거칠게 빛바랜 이야기는
블랙홀처럼 빨려들어
새로운 대본으로 다시 쓰였다

이제부터
사냥이 시작된다

펭귄

가스 폭발이 사내 몸에 불규칙을 남겼다
은거하며
151kg 펭귄이 되었다

땡볕이 내리쬐는 여름날
뒤뚱뒤뚱 폐지 주우러 나간다
1,250원이 달력에 약봉지처럼 매달린다

쪽방 속 어머니는
귀고리를 하고
만능 팔 효자손을 옆에 끼고
새끼 펭귄처럼 철퍼덕 앉아 있다

사내는 음료 하나 챙겨와
먼저 새끼 입에 넣어준다

묵직한 펭귄 날개 털어
별빛 반짝이는 창가에 널었다

숨결

리듬을 타고 흐르다가
꽃송이가 열리고 닫히듯 춤을 춥니다

한 손님이 찬바람을 안고 와
뜨거운 바람을 남기고 떠납니다

마음의 파도는 잔잔하다가도
때로는 거칠게 몰아칩니다

한 조각의 생명을 품고
스스로를 내어주는 순간

문을 두드리지 않아도
손님은 스쳐 지나갑니다

스크린

양 주먹이 발끈하며
고무줄을 팽팽히 잡아당긴다
긴장한 고무줄은 조용히
본디로 돌아가길 원했으나
나는 허용하지 않기로 한다

푸른 하늘에 함부로 먹구름이 끼었고
하늘을 가로질러 떨어지는 별
바다에는 풍랑이 기습했다
촘촘한 그물망을 풀어헤치고
헤적헤적 아래로 아래로 흘러간다

하늘과 바다는 서로를 비추며
녹아서 마주 닿을 듯
걸림 없는 맑은 허공으로 사라질 때

화려한 영상을 여읜
명백하게 텅 빈 곳에
환한 구름이 피어났다

아내의 동굴

동굴은 처음엔 견고한 보급로였다

10년 전, 주인이 잠든 틈을 타 카메라를 장착한 로봇이 칼과 집게를 들고 깊숙이 침투했다 벽을 뚫고 쓸쓸한 곳에 숨은 돌덩이를 **빼냈을** 때, 자연스러움은 훼손되고 말았다

아내는 습기만 차면 몸살을 앓았다 그럴 때마다 안쪽 물기를 닦아내고 벽을 덧대며 더욱 깊은 곳을 보수해야 했다

동굴 내부는 용암이 굳어 현무암이 되었고
겁먹은 내 상상력은 병만 키울 뿐

바람이 사는 동굴은 태풍의 눈처럼 웃고 있었다

아침빛 눈부신

망망대해에 빠진
칠흑의 숲

반바지 입고 쐐기풀 헤치며 한참을 질주했다
촘촘히 짜인 그물망이
상처로 홍건한 발목을 핥는다

층층이 감기는 가시에
긁히고 문질러진 종아리를
여왕의 부채가 식혀 준다

나는 쐐기풀로 옷을 짜 입었다

눈동자는 샛별처럼 빛났다
저 눈부신 숲까지 가야 하므로

스팸 메일

애초에 오지도 보낼 필요도 없었다

무엇이 튀어나올지 몰라
그냥 쪼아대는 것이다

누군가 손을 뻗으면
즉각 반응해야 할 것 같아

오늘도 무방비로 집중포화를 맞았다

분리수거도 하지 않은 채
미끼에 걸려버린 하루

거울 속 너를
속속들이 쪼아내고 있다

토네이도 같은

풍광을 물어뜯어 훌훌 삼키고
지평선까지 휘감아 용오름* 한다

입 벌린 도심을 허공에 움켜쥐고
하늘 속으로 침몰시킨다

소용돌이는 구름의 탈구를 낳고
태풍의 눈이 되어
텅 빈 고요 속으로 빨려 들어간다

굴절된 기억의 깔때기를 지나
싱싱한 말의 빗줄기를 휘갈긴다

* 토네이도의 한국 이름

푸른 트럭

사막 바람 따라 굴러다니며
터무니없는 덤불을 그러모아 몸집을 불렸다

예상 못한 침습이 덮쳤고
트럭은 깊은 고랑에 빠져 옴짝달싹하지 못한다

무시무시하게 컴컴한 열쇠가 고랑을 잠근다
모래 탓인지 뻑뻑해서 기어가 먹히질 않는다

마른 태양은 사막에서 맴돌다 일그러지고
끝없는 허기를 품은 괴물은
날개를 휘어잡는다

어쩌다 비가 내리면
잠금을 풀고 날아와 고랑에 고인 물마시고
다시 먼 허공을 나는 새가 되고 싶다

옛 기억 더듬어
기어 풀린 사막에 고운 연못 하나 빚어
물고기 지느러미를 키우고 싶다

커피 내리는 여자

지난밤의 응어리를
분쇄기로 빻아 필터에 올리고
두 손 모아 길어 온 강물을 붓는다

쓰디쓴 어제가
사약처럼 반짝이면

한 줌의 향으로 지워내고
오늘을 들이킨다

하루를 살기 위한
향기로운 기도처럼

아름다운 섬

물고 빨던 남편이 갔다
일생을 잇몸으로 대충 넘기더니만
급기야 몸에서 송두리째 빠져나갔다

자기 이름 석 자
남편 이름 석 자
생전 남편 위해 부르던 노랫가락이
가장 아름다운 섬이 되었다

섬에서 흐르는 노래
리듬과 박자가 만나 해물 파스타 먹고
백사장 밟으며 산책한다

그들의 섬에는
아침노을이 뜬다

자화상

으깨지고 흩어진 파편들을 이어 붙였다
접착제로 빈 곳을 메우며
누덕누덕한 LPG 탱크로리를 완성했다

그와 함께 목적지로 향하는데 태풍 예보가 떴다
내비게이션은 자꾸 경로를 변경하라 하지만
방법을 몰라 그대로 뚫고 나갔다가
태풍에 휩싸여 언덕 아래로 추락했다

탱크로리는 산산이 조각나버렸고
늘 그랬듯이
멀쩡한 파편을 주워 담기 시작했다

내게는 아직
질 좋은 접착제가 남아 있으므로

나로 떠오르다

겹겹이 쌓이고 뒤엉킨 오래된 나의 흔적들
수면 아래로 가라앉는다

내 몸을 감싸며 찬사의 물결이 속삭인다
모든 것이 너의 것이라고

햇살의 칼날이 수면 위 풍경을 가르고
파편처럼 빛을 흩뿌린다

자신만의 물에 갇혀
숨 막힐 듯 꼬리표 삼키며 헐떡인다

등에 내려앉은 빛을 따라 수면 위로 떠오를 때
팔각정은 햇살에 젖는다

한 폭의 무늬로 남아
풍경 속으로 녹아들 때
끝내 폭포수는 빛을 품는다

환한 길

짙은 안개가 휘감은
강가 오솔길을 따라 페달을 밟았다

헤드라이트는 안개를 가르며
좁은 길을 밝혔고
나는 환한 길을 주시했다

안개가 내 몸을
가로지를 때
나는 저항하지 않았다

셀프 복구

난데없이 튀어나온 차
경적을 사납게 눌러댔다

전조등을 번뜩이며 따라붙더니
거친 욕설을 퍼부었다

펑크 난 타이어처럼
나는 바닥에 퍼질러 앉았다

그냥 둘 수 없어
뒤꽁무니에 악다구니를 쏟아냈다

건드리기만 해도
금방 터질 듯
부풀어 올랐다

녹아내리다

발자국 다 지운 채
삼간초가에 홀로 녹아내려 산다
녹아내린 흙벽 틈에서
벌들도 함께 산다

온 밤 고요히 녹아내리는 촛불
거친 산길에 녹아내린 고무신
시간이 녹아내린 잠방이와 누런 신문지
제 거죽 다 녹아내린 홑이불

목마르면 주전자 뚜껑으로 골짝 물 퍼마시고
맨밥에 간장 비벼 잇몸으로 녹인다

녹아내린 날개 걸치고
콩밭 매고 버들치 밥 주는 동안
호기로운 웃음소리마저도
숲에 녹아내렸다

라디오 속 낡은 음성이
지팡이 짚고 걸어 나와
비탈진 세상과 발맞춰 녹아내린다

골다공증

한 가닥 바람결에도
떨리는 새의 날개

시큰한 뼛속에서
속삭이듯 들려오는 소리

부서질 듯 속을 비워 내고
푸른 하늘을 안고 싶다

낙엽 같은 뼈에
투명한 고요가 스며들 때

찬란한 하늘을
끝없이 날고 싶다

오리무중

다급한 목소리로
꽥꽥
긴장감을 던져 놓고

순간 폭발하듯
상대의 목을 물어뜯고
날개 끝으로 분노를 휘두른다

그것도 잠시라는 듯
날개를 털어
흔적을 숨긴 채
물 위를 유유히 미끄러져 갔다

어두운 골목에서 나와
드라마 속으로 사라지는
엑스트라처럼

3부

평면의 기억

빛과 그림자가 깃든 출입구
민들레가 숨 쉬는 울퉁불퉁한 창문에
참새들이 내려앉았다
빨간 피라미드 지붕을 다림질하니
아름다운 상자가 되었다

가을 하늘에 비친 실루엣을 읽는 일
소란하고 너덜너덜한 거리를 걷는 일
두려움에 움찔대는 재봉틀을 만지는 일
달나라에서 주의력결핍의 소년과 만나는 일은
죄를 저지르는 것처럼 아프다

핸드폰을 들여다보며 길을 걷다가
문득 고개를 돌려 뚱뚱한 요철을 보는 것은
다시 들추고 싶지 않은 고통의 기억이다

관계

나를 덮어씌우는 거미줄
멀리서 보면 촘촘한데
가까이 가니 엉성하다
끈적거리기도 하고

얽히고설키며 거미가 맺어 논 숲이
비친다 샘물에

옛적부터 나는
숲속 샘물을 퍼먹고 산다

기양이 좋은 아이

수업 시간
덩치 큰 아이가 엎드려 있다

다가가서 윙크했다
씽끗 웃더니 얼른 고개를 돌렸다

뭐할 때가 즐거워?

기양 있는 거요

그냥 있는 게 즐겁다고?

아이는 천천히 고개를 끄덕였다

저녁 하늘 붉게 물들고 살며시 바람 불 때
그는 별빛 반짝이는 얼굴로 동네 강아지와 놀고 있었다

강아지 꼬리가 쉼 없이 끄덕였다

노안

어둠이 깔린 밤길을 걷는데
첩첩이 안개가 밀려온다
어디로 가야 할지 눈이 어둡다

그토록 눈에 밟히도록
그 무엇을 예민한 눈에 넣고
허위단심 헤쳐나온 길

어두운 강물에 빠져
익사하기 전

수면 위로
안개꽃이 피어올랐다

돌 쌓는 사람

일평생, 돌로 새벽을 쌓아 올렸다
몸이 밤마다 마디마디 무너져 내린다

태풍이 길 막아도
무너지면 또 쌓고 쌓다가
휘어진 손가락엔 바위 지문 남았다

꼭대기에 샛별 하나 올리니
묵직하게 반짝인다

피와 땀에 절어 꾸덕꾸덕해진 옷
홀러덩 벗어주고
바위 얼굴로 남고 싶다

돌에 기대어

나무는 말을 걸었다
바람에 몸을 맡기며
돌의 침묵에 기대어

돌은 묵묵히 들었다
태양 아래 뜨거운 몸을 식히며
나무의 속삭임을

나무뿌리는 깊이 내려
돌의 틈새를 파고들었고
돌의 결에 따라 흘러내렸다

아슬히 타들어가는 가을처럼
따뜻하게 깃든 한 몸처럼

자전거 고치는 사람

자전거를 타고
기우뚱거리며 언덕을 오르다가
결국 자전거 고치는 사람이 되었다

집안엔 온통 고물 자전거뿐
하나둘 떠난 가족은
다시 돌아오지 않았다

그을린 버너에
라면 한 봉지 올려 끼니를 때우고
씻는 것도 잊은 차가운 방

펑크 난 타이어를 때우고
페달을 갈아 끼운 후
힘껏 바퀴를 밟아본다

가파른 언덕 아래로
곰팡이 핀 방구석이
휙, 날아가 버렸다

주름

한때 기름진 평야였다
처자식 먹여 살리려 물길을 냈고
그 길 따라 마을 생겼다

하나둘 식구가 늘면서
물길은 점점 침식되었다
곡식은 땅의 등골을 빼먹고
갈증 난 붉은 땅은
검고 메마른 웅덩이 여러 군데 남겼다

누구도 손댈 수 없는
골 깊어진 마을

아버지의 적산가옥

그는 120년 된 적산가옥에 산다
아버지는 그 하늘 아래에서
환자를 꽃처럼 키웠다

전쟁통에도 살아남은 담장
녹슨 거미줄이 붙잡고 있다

빨랫줄에 거리의 소음을 곱게 빨아 널고
검게 그을린 삐걱대는 대낮 밟으며
연탄불에 노을 끓여 먹고 산다

켜켜이 쌓인 그림자 접고
출렁이는 발자국 펴서
종이꽃 만드는 어느 오후

해바라기 속으로 스며든 하늘을
둘둘 말아
적산가옥에 기대 놓았다

가을 뜬구름

초등학교 시절
뇌전증을 앓던 친구, 금상호

작은 장난에도 몸을 떨고 까무러지며
입가에 하얀 거품을 물었다

고등학교 졸업 후
아프다는 소식 듣고 병문안을 갔지만
그는 아무도 알아보지 못했고
이마는 산처럼 솟아 있었다

얼마 지나지 않아
그가 떠났다는 소식이 전해졌다

교회를 열심히 다녔으니
목사가 되었을지도 모를 친구인데

문득 궁금해져 이름을 검색해 보니
금상호 선교사가 가을하늘에 걸려 있었다

4전5기

아들은 도서관에서 5년간
교사가 되기 위해 정신을 뾰족하게 갈았다

두꺼운 콘크리트 벽 같은 현실 앞에 서서
가느다란 구멍 하나 내겠다고
젊음의 드릴을 뜨겁게 돌렸다

세상에 뚫지 못할 벽은 없다며
깊은 밤까지 머리를 두드리며 굉음을 울렸다

드릴 끝을 단단하게 벼린 날들,
끝내 힘과 각도의 절묘함을 이루며
쥐구멍만 한 빛을 더듬었다

금빛 구두

그는 평생
한 켤레의 구두만을 신었다

구두는 주름이 깊어지고
뒤축이 닳아 너덜거리며
밑창 틈새로 바람이 드나들었다

그러나 명장이 금을 입히듯
숨결로 닦아 빛을 먹이고
손끝으로 어루만지며 길을 냈다

그의 발이 되어
어디든 실어 나르는 동안

벗겨진 이마도
금빛으로 빛났다

얼굴을 쌓다

너럭바위를 이마에 올리고
맑은 조약돌은 눈망울에 심었다

둥근 돌 하나 입술로 눕히고
볼엔 비바람을 견딘 호피석, 머리엔 눈 덮인 억새를 얹었다

무너지면 다시 쌓고 세우는 동안
스쳐 지나가는 바람, 어루만지는 햇살

나는
돌 속 깊이 스며들었다

할아버지와 도시락

엄마, 아빠 멀리 떠나고
월남 참전 용사였던 할아버지와
단둘이 살던 지섭이

소풍 날
도시락을 쥐어주고 쏜살같이 내뺐다

짭조름한 오이장아찌에
부서진 달걀부침을 풀어 놓았는데
선생님이 잘 먹고 있는지
곁눈질을 보낸다

그해 겨울
지섭이 할아버지는
작은 상자가 되어 돌아오셨다

다이아몬드

풀꽃 귀걸이를 하고
다이아몬드처럼 빛나고 싶다고 말할 때

너는
이미 빛나고 있어
속삭여 주다가

그의 눈 속에서
다이아몬드를 보았습니다

뜯어보다

속리산 테마파크
모노레일을 탄다

세 번 두드리면 소원 들어준다는
목탁봉 가는 길

공갈젖꼭지 꽉 문 아가는
사람들 하나하나
뚫어지게 뜯어보고

새파란 우물 퍼먹은 이들은
골짜기 가득 채운 가을 햇살 뜯어볼 때

솔 향기 흠뻑 젖은 나는
골똘히 아가를 뜯어본다

배알을 버리다 1

족저근막염이 도졌다
핀셋으로 벌을 잡아 발바닥에 들이댔다

벌은 침뿐 아니라
배알까지 빼주고 떠났다

억새풀이
하느작거리는 길목

나도
배알을 버리기로 했다

배알을 버리다 2

너른 바다를 누비던 물고기
깊은 물결 속에서 춤추던 몸짓으로

그는 배알을 버리고 항구에 닿았다

푸르른 칼날에
하얀 속살을 드러낸
비릿한 바다의 향기

배알을 버린 생선은 아무 말이 없다

물살의 기억도
무수한 비늘의 빛도
바다의 속삭임도
모두 백사장에 묻어 버렸다

의식

밤하늘을 가르는 유성이
붉은 숨결로 일렁이며 호수에 닿습니다

마지막 몸짓을 내려놓고
물결 속에 잠겨 잉크처럼 풀어집니다

호수와 유성은
하나가 되었습니다

4부

눈물

장수거북은 해파리를 먹으며
한 시간에 8ℓ의 눈물을 흘려야 죽지 않는다고 한다

등껍질을 씻어내고
바다로 나아가기 위해 흘려야 하는
저 눈물을 보라

밤하늘 별빛 아래
거친 파도를 가로지르며 뿌린
그 눈물엔 수많은 이야기가 담겨 있다

내게도 요즘
어디론가 보낼 사연이 얼마나 많은지
자꾸 눈물이 난다

갈대의 그림자

눈 내린 아침
천변 눈길을 따라간다

구부정한 노인이 허연 머리털 날리며

갈대 흩어져 떠도는 길가
갈대 그림자를 따라간다

눈송이 얹힌 갈목에 멈추자
참새 두어 마리 솟구쳐 오른다

그리움

어머니는
가을 낙엽 따라 집 나갔네

싸락눈 지분거리는 산골 새벽
꽁꽁 언 개울물 깨서
가마솥에 구수한 여물 끓여보지만

방에 누워도 뵈는 건
쥐 오줌 누렇게 번진 천장뿐

동네 개 짖는 소리 눈처럼 쌓여
찢어진 문풍지 적셨네

늙은 학생

중고서점에서
기형도 시집『입속에 검은 잎』을 펼치다가
빛바랜 갈피에 끼어 있는
앳된 학생증을 만났다

1981년생, 대전내동중학교

그는 젊어서 검은 페이지로 닫혔지만
금 간 창틈으로 쌓인 시간
오래도록 숨죽이며
누렇게 삭아간 그의 증명서

나는 그를
빈방으로 내몰 수 없었다

분리불안

밤새 울어대던 기차 소리
낯선 역에 내려선 발걸음은
어둠 속에서 길을 잃은 나침반 같았다

익숙한 얼굴은 어디에도 없고
낯선 풍경 속에 서 있었다

거울 속에 비친 얼굴은
수천 개의 조각으로 흩어지며
서로를 비추고 있었다

두터운 장막을 내린 사람들은
둥글게 모여 앉아
낡은 레코드판을 반복해 돌렸다

혹시 우리가 옳지 않다면
죽음 같은 침묵을 허락해 달라
그리 외쳤다

묻지 않는 말

대학 후배와
일주일 동안 같은 공기를 나눠 마셨지만
그는 한 마디 질문도 던지지 않고
별빛 속 고요함을 선택했다

질문이란
밤하늘에 작은 돌멩이를 던지는 것

별들 사이로 물결이 일렁이지만
답은 언제나
살랑이는 바람처럼 지나갈 뿐

그는 입술을 다문 채
잔잔한 호수처럼 맑고 바다처럼 깊어졌다

빈 페이지가 있는 풍경

봄에 씨앗 뿌리고
여름엔 잡초를 뽑고 추수하는 가을
넉넉한 이야기에 포위된다

바람은 늘 남쪽에서 불어오고
햇살은 박자에 맞춰 창을 두드리며
예보된 비는 언제나 제시간에 내린다

밤하늘의 별은 어김없이 그 자리
길 위의 발자국은 정확히 맞춰지고
도시의 소음은 같은 멜로디로 흐른다

그러다 문득
어깨 위에 내려앉은 깃털
가벼운 웃음이 묻어 있고
때 묻기 쉬운 투명함은
깨지기 쉬우므로 아름답다

바람이 휘도는 골목에서
나는 내 이야기의 몇 장은
빈 페이지로 남겨 두고 싶다

사이

나는 시나리오를 쓰고
1초에 24칸의 감옥으로 이루어진
영화를 제작했다

감옥과 감옥 틈을 넓히며
그 사이로 비집고 들어갔다

청명한 하늘
그 정체가 탄로 났다

하늘 아래까지
고요에 흠뻑 젖었고
시간은 닻을 내렸다

나는 네 꼬리표처럼 남은
파편을 연결하며 장난기 어린 춤을 춘다

나는 영화와 영화 사이를 관람하고 있다
너와 함께
지금

사정산성

산새 소리조차 삼킨 추위
군화 신고 발목까지 쌓인 눈을 밟으며
1500년 전 비타 간솔*의 발자국 따라 산을 오른다

정상에 오르니
까마귀 두어 마리
지나온 길 거슬러 날아간다

산성은 어디로 가고
큰 바위만이
옛 발자국 끌어안고 그늘에 숨었는가

대전에서 진산으로
통하던 길

주저앉은 바위에서 달려 나와
얼어붙은 유등천에 창을 꽂으니
갈기갈기 찢기는 바람

* 삼국사기에 사정성을 축조하고 비타 간솔로 하여금 지키게 하였다
  고 함

새로운 해

안영국민체육센터 축구장
급히 치운 눈이 라인을 따라 도열해 있다

사방에서 쏟아져 내리는 조명이 찬바람을 족치는데
코치가 이리저리 공을 던져주면
골키퍼는 몸을 던져 낚아챘다

겨울을 허무는 선수들이 얇은 훈련복을 입고
장애물 따라 드리블을 이어간다
검은 패딩을 걸친 감독의 지휘 따라 훈련이 계속될 때
땀을 줄줄 흘리며 목을 부여잡고
헉헉대며 허연 입김을 내뿜는다

다음 코스로 이동하며
돌아보는 눈빛이
새해 태양처럼 빛났다

시계 만드는 사람

여전히 정박 중인
지금이라는 칼날에
예리한 바늘을
세워 놓고 싶은 것이다

어긋난 약속 끌어안고
조금씩 기울 때
당신께 가는 길 따라
둥글게 구르고 싶은 것이다

그렇게 세상 한 바퀴
돌고 나면

당신을 다시
정확하게
비껴갈 수 있다는 것이다

의자

얼음 덮인 유등천에
리바트 식탁 의자 하나
얼음에 박혀 있다
서리 낀 앙상한 의자
구르고 굴러 벗겨지고
물풀조차 온몸에 휘감겨 있다

지난여름은 유난히 긴 장마였다
유등천이 독오른 뱀 혓바닥처럼 넘실거렸다
정착지를 찾은 듯 의자는 잠잠히 하얀 꽃을 피우고 있다
누군가의 하루를 지탱해 준 의자, 얼음에 갇혀 있다

얼음 등받이에 머물며 빙점의 한나절을 넘기고 있다

할매 보리밥집

손님 부르는 소리 자욱한 재래시장 귀퉁이
종잇조각에 쓰인 간판이 빨간 노끈에 매달려 하늘거린다

일찌감치 호굴에미* 되고
술지게미 얻어 새끼들 입에 넣어주었지만
억수로 착한 큰아들은 교통사고로 먼저 날아갔다

꼬불꼬불한 머리카락이 듬성듬성 서 있고
이마에 천정점, 허리는 꼬부라진 채
작은 눈 껌뻑이며 보리밥을 듬뿍 내어놓는다

구순을 살았으니
눌러 담은 고봉밥 되어도 여한이 없단다

구수한 보리숭늉 맛에
간판이 누렇다

* 홀어미의 경상남도 방언

아이엠 I AM

갈대가 흔들리는 천변
구름 속 태양은 서산으로 향하므로
나는 이어폰을 끼고 걷는다

지나가던 노인이 한마디 던진다

귀 시려
모자 써

나는 고요한 얼굴로
투명한 터널에 스며든다

그 순간
태양 같은 내가 구름을 헤치고 나와
나를 바라보고 있었다

피해의식

산모퉁이
길에 내려앉은
검은 먼지

습한 맹독의 어둠이 짙게 깔렸다

그 아래
차가운 기억을 감싸듯
바람마저 꽝꽝 얼어붙었다

질주하던 자동차는
블랙아이스 덫에 걸려
여지없이 미끄러져 내렸다

아이를 훈육하다가

새벽 서릿발 같은 아이의 눈빛에
족히 사흘은 쓰러졌다

찬바람에
떨리는 눈꺼풀

빠져나가려는 깃털을
꽉 움켜쥔 채
바위 절벽에 매달려 있었다

절망이었다

원앙식당

한 쌍의 원앙을 꿈꾸던
순댓국밥집 꺽다리 아줌마는
아이를 낳지 못해 소박맞았다고 한다

대학 시절
용돈이 떨어지고 허기지면 달빛처럼 찾아간 곳
고무 대야에 가득한 내장을 주무르며
어머니는 그녀에게 삶의 무게를 기대곤 했다

연탄불 위에서 가쁜 숨을 몰아쉬는
돼지 창자 같은 이야기는 뜨거운 순댓국 속에 감추고
붉은 고춧가루 듬뿍 뿌린 소금에 찍어
젊음을 우적우적 씹어 넘길 때

노란 전등을 바라보며 앉아 있는 그녀는
한 마리 외로운 원앙새였다

보리밥

어릴 적, 입안에서 겉도는 꽁보리밥을
도무지 넘기기 싫어 께적거릴 때
아버지의 밥주발이 날아와
오른쪽 눈가를 찢었다

더 이상 말은 이어지지 못했고
봉합되지 않은 이야기는 시간 속에 묻혔다

지금은 쌀밥이 눈처럼 내려도
그 시절로 돌아갈 수 없는데
돌아가시기 전 밥상 앞에 앉은 아버지는
버스를 탔는데 빈자리가 없어
방귀를 두어 방 꿨더니 자리가 생겼다며
나와 아들 앞에서 자랑을 늘어놓았다

추억 타령하기엔
아직 눈가에 초승달이 지지 않았고
가난을 탓하기엔
아버지는 철없는 어른이었다

모과

찬바람 할퀴고 간
저리도록 앙상한
손가락 끝에 매달렸다

아직 남아 있는 것은
딱딱하고 맛없고
못생겼기 때문일까

세상 많은 기다림 중
가장 긴 기다림으로

한겨울 노래지도록
허공에 향기 다 내주고
울퉁불퉁 얼어 터졌는데

아직도 허공에서
시커멓게 속을 태우고 있는
아, 보고픈 울 엄니

환한 숲을 갈망하는 시의 여정

— 홍정문 시집 『저 환한 숲』

안현심 시인·문학평론가

환한 숲을 갈망하는 시의 여정
— 홍정문 시집 『저 환한 숲』

안현심 시인·문학평론가

1.

홍정문 시인의 작품을 읽다보면 '환한 숲'으로 상정되는 이상향에 대한 추구가 지속적으로 시도되고 있음을 알 수 있다. 시인이 갈망하는 환한 숲은 구체적으로 어떤 세계일까?

시인은 시를 통해 구도의 길을 가는 사람이다. 인간으로서의 한계를 극복하고 보다 완결된 존재를 만나기 위한 방법으로써 시를 택한 사람들이다. 현실에서는 불가능한 일이 시세계에서는 이루어지는 마법을 경험해왔기 때문이다.

시인은 시를 쓰며 도덕적인 사람, 우주 현상을 연민의 눈으로 바라보는 사람, 이타적인 사랑을 베푸는 사람이 되기 위해 노력한다. 그런 가슴을 통해 탄생한 시작품만이 생명력을 얻을 수 있을 것이다.

홍정문 시인이 구현하는 시세계는 다양하지만, 이 글에서는 '환한 숲'과 '환한 길'로 상정되면서 '이상향'을 추구하는 작품 위주로 살펴보기로 하겠다.

2.

홍정문 시인의 시작품은 '자전거'를 소재로 삼아 쓴 것이 많다. 시인은 휴일이나 여분의 시간이 주어질 때마다 자전거 타기를 즐기는 모양이다. 시인이 라이딩을 즐기면 자전거가 소재로써 자주 차용될 뿐 아니라 자전거에 관한 철학도 깊어질 수밖에 없다.

짙은 안개가 휘감은
강가 오솔길을 따라 페달을 밟았다

헤드라이트는 안개를 가르며
좁은 길을 밝혔고
나는 환한 길을 주시했다

안개가 내 몸을
가로지를 때
나는 저항하지 않았다
─「환한 길」 전문

시「환한 길」은 매우 짧지만 주제를 전달하는 이미지가 명징하다. 제1연에서는 어떤 감정도 개입하지 않은 채 "짙은 안개가 휘감은/ 강가 오솔길을 따라 페달을 밟"는 화자의 모습이 묘사된다. 제2연에서는 헤드라이트가 "안개를 가르며/ 좁은 길을 밝"힐 때 "나는 환한 길을 주시"하며 앞으로 달릴 뿐이다.

제3연의 "안개가 내 몸을/ 가로지를 때/ 나는 저항하지 않았다"라는 형상화는 현학적이지 않고 단순 · 담백하지만 작품의 품격을 높여주면서 주제를 부각시키는 역할을 한다. '환한 길' 혹은 '환한 숲'은 그처럼 오롯이 달리는 자에게만 주어지는 이상향인 것이다. 여기서 '안개'는 '환한 숲'으로 가는 여정에서 만나게 되는 시련 등 방해요소가 될 것이다.

이러한 논의로써 시 「환한 길」은 홍정문 시인의 시세계를 대변하면서 이번 시집의 주제를 관통하는 작품이라고 언급할 수 있겠다.

망망대해에 빠진
칠흑의 숲

반바지 입고 쐐기풀 헤치며 한참을 질주했다
촘촘히 짜인 그물망이
상처로 흥건한 발목을 핥는다

(…)

눈동자는 샛별처럼 빛났다
저 눈부신 숲까지 가야 하므로
— 「아침빛 눈부신」 부분

작품 「아침빛 눈부신」도 앞에서 살펴본 「환한 길」과 동일한 주제를 구현하고 있다. 시인이 '빛'을 향해 나아갈 때는 방해요소가 나타나기 마련인데, 이 작품에서는 "망망대해에 빠진/ 칠흑의 숲"이 그것이다. 어둠이 망망대해에 빠졌다면 그 깊이와 넓이는 짐작하고도 남을 것이다. 그처럼 어둔 숲을 화자는 반바지 차림으로 질주한다.

"촘촘히 짜인 그물망"은 가시덤불 엉클어진 숲을 은유하며, 그로 인해 맨 종아리와 발목은 상처투성이가 된다. 한편, '촘촘히 짜인 그물망'은 다양한 사람들이 살아가는 인간세상으로 환기할 수도 있다. 사회생활을 한다는 것은 사람의 숲을 달리는 일이기에 그 틈바구니에서 상처받기도 할 것이다.

고난의 길을 가면서도 화자의 "눈동자는 샛별처럼 빛"나는데, 그것은 "저 눈부신 숲까지 가야 하"는 목표가 있고, 그 목표가 가까워졌다고 생각하기 때문이다. 이 시를 읽다보면 중세의 '영웅담' 혹은 '바리데기' 서사가 생각난다. 처음에는 주목받지 못하지만, 악마 혹은 괴물이 방해하는 고난을 뚫고 목표한 바를 얻으면서 영웅이 되는 이야기 구조와 흡사하다는 것이다. '눈부신 숲'은 앞의 작품에서 추구한 '환한 숲'과 동일한 공간이며, 고난을 이기고 나아가야 할 목표 즉 이상향이다.

너럭바위를 이마에 올리고
맑은 조약돌은 눈망울에 심었다

둥근 돌 하나 입술로 눕히고

볼엔 비바람을 견딘 호피석, 머리엔 눈 덮인 억새를 얹
었다

무너지면 다시 쌓고 세우는 동안
스쳐 지나가는 바람, 어루만지는 햇살

나는
돌 속 깊이 스며들었다
— 「얼굴을 쌓다」 전문

　시 「얼굴을 쌓다」의 표현 양상은 앞의 두 작품과 다소 다르
지만, 삶의 여정을 통해 원하는 형상을 지어가려는 자세는
비슷한 맥락을 지닌다고 볼 수 있다.
　이 작품에서는 자연물을 닮아가고 싶은 소망이 드러나고
있는데, 그 방법으로는 "너럭바위를 이마에 올리고/ 맑은
조약돌"을 "눈망울에 심"는 것이다. 너럭바위는 넓고 반반
한 바위로서, 넓고 반듯한 이마를 갖고 싶은 시인의 소망이
반영되었다고 할 수 있다. 또 조약돌 같은 눈망울을 지니게
된다면 또렷한 이미지를 투사하며 자신감 있게 사회생활을
할 수 있을 것이다.
　그런가하면, "둥근 돌"로 입술을 짓고, "볼엔 비바람을 견
딘 호피석, 머리엔 눈 덮인 억새를 얹"기를 소망한다. 둥글
고 도톰한 입술과 비바람을 견디느라 호피석처럼 거뭇거뭇
해진 볼, 머리는 억새처럼 하얗더라도 자연을 닮은 모습은
화자의 행복지수를 높여줄 것이다. 이렇게 세운 형상이 "무
너지면 다시 쌓"기를 반복하며 "돌 속 깊이 스며들"기를 소

망한다.

이 작품의 주제는 자연과의 합일이다. 자연물 닮은 형상이 되어 자연 속에 스며들고 싶은 소망이 구체적으로 형상화되어 있다. 이 작품에서 자연물과 닮은 경지는 앞의 작품에서의 환한 숲, 환한 길과도 동일한 지점을 공유한다고 볼 수 있다. 환한 길 혹은 환한 숲은 자연과 이질적인 모습을 품어주지 않을 것이기 때문이다.

이 외에도 비슷한 주제를 지닌 작품으로 「건빵을 씹으며」가 있다. 건빵을 씹으며 등산하다가 건빵 가루가 목에 걸려 헛기침하면서도 "팍팍한 건빵의 턱을 끝까지 씹어 넘기로 했다"는 형상화가 있는데, 여기서 '건빵의 턱'은 삶의 여정에서 '고개'를 은유하며, 어떠한 고난이 오더라도 목표한 곳에 이르러야 한다는 의지가 담겨 있다.

3.

시인들은 작품에서 남자 또는 여자로 상징되는 성性의 특징과 발현 양상을 형상화하지 않을 수 없다. 이성은 시인들에게 밀접한 영향력을 행사하기 때문이다. 다음 시 「커피 내리는 여자」를 보면, 여자의 행위를 관찰하는 화자가 등장한다.

지난밤의 응어리를
분쇄기로 빻아 필터에 올리고
두 손 모아 길어 온 강물을 붓는다

쓰디쓴 어제가
사약처럼 반짝이면

한 줌의 향으로 지워내고
오늘을 들이킨다

하루를 살기 위한
향기로운 기도처럼
　―「커피 내리는 여자」 전문

　이 작품은 표현이 단순하고 의미 또한 간결하지만 문학의
미학적 측면을 충족시켜주기에 부족함이 없다. 커피 내리는
과정에 여자의 심경이 자연스럽게 도입됨으로써 시론을 끌
어오지 않더라도 읽히는 대로 이해하면 되는데, 독자들은
이런 시를 좋아한다. 시를 읽으며 정서적으로 감동받고 싶
은데 암호처럼 얽혀 있는 시는 머리만 아프기 때문이다.
　사람은 누구나 고뇌가 있기 마련, 여자는 "지난밤의 응어
리를/ 분쇄기로 빻아 필터에 올리고/ 두 손 모아 길어 온 강
물을 붓는다". "쓰디쓴 어제가/ 사약처럼 반짝이"며 가슴을
쑤셔대면 "한 줌의 향으로 지워내고/ 오늘을 들이킨다". 여
자에게 커피를 내리고 마시는 행위는 "하루를 살기 위한/ 향
기로운 기도처럼" 어제의 아픔을 잊고 새로운 날을 여는 경
건한 의식이었던 셈이다.
　작품의 형상화에 기대어 여자의 모습을 유추할 수 있는
데, 특히 손가락이 아름다운 여자일 것이라는 생각이 든다.
커피 내리는 행위에서 섬세한 손놀림이 감지되기 때문이다.

커피 내리는 과정의 형상화가 정성스럽고 아름다워 무릎 꿇고 기도하는 여인의 환영을 보는 것 같기도 하다.

동굴은 처음엔 견고한 보급로였다

10년 전, 주인이 잠든 틈을 타 카메라를 장착한 로봇이 칼과 집게를 들고 깊숙이 침투했다 벽을 뚫고 쓸쓸한 곳에 숨은 돌덩이를 **빼냈을** 때, 자연스러움은 훼손되고 말았다

아내는 습기만 차면 몸살을 앓았다 그럴 때마다 안쪽 물기를 닦아내고 벽을 덧대며 더욱 깊은 곳을 보수해야 했다

동굴 내부는 용암이 굳어 현무암이 되었고
겁먹은 내 상상력은 병만 키울 뿐,

바람이 사는 동굴은 태풍의 눈처럼 웃고 있었다
— 「아내의 동굴」 전문

시 「아내의 동굴」에서 '동굴'은 여성의 '질'을 포함한 '자궁' 혹은 '배꼽'을 은유한다. 자궁이든 배꼽이든 생명을 잉태하고 생산하는 일에 관여한다는 측면에서는 다를 바가 없다. 인간의 몸을 동굴이라는 자연물로 비유한 것은 시적 은유에서 흔히 차용되는 기법으로써 작품을 중층적으로 해석할 수 있는 여지를 준다. 지나친 신성이나 존엄성을 배제함으로써 인체 역시도 사물과 동등하게 천착할 수 있는 명분이 생기는 것이다.

처음엔 견고한 동굴이었는데, "카메라를 장착한 로봇이 칼과 집게를 들고 깊숙이 침투"하여 "돌덩이를 빼"낸 후 "자연스러움은 훼손되고" "습기만 차면 몸살을 앓"는다는 형상화이다. "동굴 내부는 용암이 굳어 현무암이 되"어 가는데, "겁먹은 내 상상력은 병만 키울 뿐" 구체적으로 도와줄 방법이 없다.

이 작품이 특별한 것은 마지막 연의 "바람이 사는 동굴은 태풍의 눈처럼 웃고 있었다"라고 형상화함으로써 해학성을 가미하고 있다는 점이다. 앞부분에서 전전긍긍하던 화자와 달리 객관적 시각이 투사되는데, 이러한 형상화는 역설적이게도 아픔을 배가시켜주는 역할을 한다. 아무렇지 않은 듯 표현하고 있지만, 그 이면에는 감당하기 어려운 속내가 웅크리고 있다는 걸 알아채지 못하는 독자는 없다.

수락계곡 수영금지구역에
거침없이 뛰어드는 사내
삼각팬티가 근육질의 엉덩이에 슬쩍 걸려 있다

바위 사이로 거칠게 흐르는 물살이
그를 후려칠 때
사내는 금지된 경계를 만끽하며
주변 시선마저 잊은 듯
팬티 차림으로 주차장을 오갔다

여자 친구는 미친 듯 사진을 찍어대는데

수락계곡 풍경이 된 사내는
초록 잎사귀처럼 가벼워졌다
— 「초록 잎사귀처럼」 전문

시 「푸른 잎사귀처럼」은 젊은 남녀의 행위를 가감 없이 형상화하고 있다. 수락계곡의 수영금지구역으로 "거침없이 뛰어드는 사내", 젊음의 패기인지 위험한 과시인지 독자들의 눈을 어리둥절하게 만든다. 그들은 남의 눈도 의식하지 않는데, 그것은 "삼각팬티가 근육질의 엉덩이에 슬쩍 걸려 있다"라는 형상화가 증명해준다. 주변의 "시선마저 잊은 듯/ 팬티 차림으로 주차장을 오"갈 때 여자 친구는 사진을 찍어대느라 바쁘다.

거친 물살이 흐르는 계곡과, 주변의 초록 잎사귀가 남녀의 거침없는 행위와 더불어 작품에 싱싱한 활력과 긴장감을 불어넣어준다. 문학적 상상력에서 봄은 유·소년기를 상징하고 여름은 장년, 가을은 노년, 겨울은 죽음을 상징한다. 이처럼 여름은 상징기표만으로도 활력이 넘치는데 거친 물살과 젊은 몸뚱이, 싱싱한 이파리가 협력하여 활력 넘치는 분위기를 생성해낸 것이다.

사내는 수락계곡의 풍경이 되어 "초록 잎사귀처럼 가벼워"지기에 이른다. 이 형상화 역시 자연과 인간의 합일을 추구하는 기법이라고 볼 수 있다. 이와 같은 시적 지향은 다른 작품에도 자주 등장하면서 홍정문 시인의 시세계를 특징짓는 요소가 되고 있다.

4.

홍정문 시인은 초등교사인 만큼 동심의 눈으로 아이들의
마음을 읽어내기도 한다. 순수서정을 형상화할 때 아이들의
시각과 생각은 유효한 시적 재료가 된다. 따라서 대부분의
서정시에는 동시적 상상력이 개입하는데, 이러한 시일수록
그 울림이 깊다.

> 풀꽃 귀걸이를 하고
> 다이아몬드처럼 빛나고 싶다고 말할 때
>
> 너는
> 이미 빛나고 있어
> 속삭여주다가
>
> 그의 눈 속에서
> 다이아몬드를 보았습니다
> ―「다이아몬드」 전문

작품「다이아몬드」는 표현이 간결하고, 시적 이미지가 명
징하다. 소녀가 풀꽃 귀걸이를 한 채 "다이아몬드처럼 빛나
고 싶다고 말할 때/ 너는/ 이미 빛나고 있어"라고 말해주자,
화들짝 반기는 소녀의 눈 속에 다이아몬드가 반짝이고 있었
다는 형상화이다.
풀꽃과 다이아몬드는 자본주의 사회에서 대립적인 위치
에 놓여 있다. 풀꽃은 흔해서 값어치가 없는 반면 다이아몬

드는 값진 귀금속을 상징한다. 다이아몬드처럼 빛나고 싶은 소녀에게 너는 이미 빛나고 있다고 말해주는 화자, 물질만능주의 사고에 젖어 있지 않아서 생경한 감동을 불러일으킨다.

이 작품에 등장하는 핵심 어휘는 '풀꽃'과 '다이아몬드', '빛나다' 정도이다. 겨우 세 단어를 차용하고 있지만, 짧은 시가 일으키는 감동의 파장은 독자들을 오랫동안 생각에 잠기게 한다. 이것이 좋은 시의 전범이며, 순수서정시의 진수라고 하겠다.

속리산 테마파크
모노레일을 탄다

세 번 두드리면 소원 들어준다는
목탁봉 가는 길

공갈젖꼭지를 꽉 문 아가는
사람들 하나하나 뚫어지게 뜯어보고

새파란 우물을 퍼먹은 이들은
골짜기 가득 채운 가을햇살 뜯어볼 때

솔향기 흠뻑 젖은 나는
골똘히 아가를 뜯어본다
— 「뜯어보다」 전문

작품「뜯어보다」는 아기의 관심과 어른의 시각을 대비적
으로 형상화함으로써 주제를 각인시키는 구조를 띠고 있다.
모노레일을 타고 속리산 목탁봉으로 올라가는 길, "공갈젖
꼭지를 꽉 문 아가"가 "사람들 하나하나"를 "뚫어지게 뜯어"
볼 때, 나는 솔향기에 흠뻑 젖어 "골똘히 아가를 뜯어"보고
있다.

공갈젖꼭지를 물었다는 표현으로 보아 아기가 첫돌을 넘
기지 않았음을 짐작할 수 있는데, 엄마아빠 얼굴이 전부인
아기에게 낯선 얼굴들은 몹시 생경했을 것이다. 따라서 아
기는 사람들을 뜯어보는 데 열중하지만, "새파란 우물을 퍼
먹은 이들"은 아기에게 눈길 주지 않은 채 모노레일 밖 풍경
만 감상하느라 여념이 없다. 여기서 "새파란 우물을 퍼먹은
이들"은 '신록에 흠뻑 젖은 사람들'로 해석할 수 있다.

그런데, 왜 나는 아기를 골똘히 뜯어보고 있었을까. 아기
를 뜯어볼 때, 몸이 솔향기에 흠뻑 젖어 있었다고 형상화한
것은, 솔향기가 아기의 순수와 맞닿아 있다고 생각했기 때
문이다. 같은 향기를 지니고 있다는 것은 동질감을 불러일
으키면서 교감의 폭을 넓히는 데도 유효한 시적 장치가 된
다. 따라서 화자와 시인은 말없이도 오랫동안 감정을 주고
받았을 것이다.

작품에서 '뜯어본다'는 행위는 '교감한다'와 동일한 맥락
으로 이해해도 무방하다.

수업 시간,
덩치 큰 아이가 엎드려 있다

다가가서 윙크했다
씽끗 웃더니 얼른 고개를 돌렸다

뭐할 때가 즐거워?

기양 있는 거요

그냥 있는 게 즐겁다고?

아이는 천천히 고개를 끄덕였다

저녁 하늘 붉게 물들고 살며시 바람 불 때
그는 별빛 반짝이는 얼굴로 동네 강아지와 놀고 있었다

강아지 꼬리가 쉼 없이 끄덕였다
—「기양이 좋은 아이」전문

　"덩치 큰 아이가 엎드려 있다/ 다가가서 윙크"하자 "씽끗
웃더니 얼른 고개를 돌"려버린다. "뭐할 때가" 가장 즐겁냐
고 묻자, "기양" 있을 때라고 심드렁하게 대답한다. '기양'은
'그냥'을 발음한 대로 적은 표현이다. '기양'이라고 형상화함
으로써 아이의 무관심을 고조시킨 것이다.
　여기까지 읽다보면 꿈도 열정도 없는 무기력한 아이를 떠
올리게 된다. 그러나 "저녁 하늘 붉게 물들고 살며시 바람
불 때" 동네 강아지와 놀고 있는 얼굴은 별처럼 반짝거린다.
뿐만 아니라 같이 노는 강아지도 쉼 없이 꼬리를 흔들어댄

다. 교실에서의 태도와 달리 능동적이며 적극적인 아이를 만나게 되는 것이다.

작품을 통해 시인이 말하고 싶은 것은 무엇이었을까? 첫째, 아이의 개성과 취미를 살려 교육시켜야 한다. 그러나 무엇보다도 인간과 동물이 소통하는 세상, 더 확장하면 우주 만물이 소통하는 세상을 꿈꿨을 것이다. 공부에는 관심이 없지만 동물과 허물없이 놀아주는 모습을 보고 독자들은 또 생각에 잠겨야 할 것이다. 이러한 시적 성향은 홍정문 시인의 작품에 빈번하게 드러나면서 시세계의 중요한 축을 이루고 있다.

5.

홍정문 시인은 삶을 극복하고 "찬란한 하늘을/ 끝없이 날고 싶다"(「골다공증」). 끝없이 날아 '환한 숲'에 도달하고 싶은 것이다. 이때, 환한 숲으로 가는 주체는 자연을 닮은 모습이어야 한다.

시를 통해 사색하고, 시를 통해 아름다워지는 게 시인이라지만, 홍정문 시인에게 시 쓰기란 자기수양과 다르지 않다는 걸 다시 한 번 인지하는 시간이었다. 나를 갈고닦는 것, 그리하여 세상의 빛과 소금이 되는 것, 무엇보다도 소중한 꿈이 아닐 수 없다.

그 꿈을 이루기 위해 더욱 맑고 높은 시를 써야겠다. 지금까지 절차탁마切磋琢磨해왔듯 구부러지지 않는 시인의 길을 견지하기 바라며, 첫 시집 출간을 진심으로 축하한다.

홍 정 문

홍정문 시인은 강원도 춘천에서 태어났고, 2023년『호서문학』신
인상으로 등단했으며, 현재 초등학교 교사로 재직 중이다.
홍정문 시인의『저 환한 숲』은 그의 첫 시집이며, 티없이 맑고 깨
끗한 시인의 천성을 통해, '환한 숲'과 '환한 길'로 상정되는 이상
향을 추구하고 있다고 할 수가 있다.

이메일 honggate@naver.com

홍정문 시집

저 환한 숲

발   행   2025년 5월 10일
지 은 이   홍정문
펴 낸 이   반송림
편집디자인   반송림
펴 낸 곳   도서출판 지혜, 계간시전문지 애지
기획위원   반경환
주   소   34624 대전광역시 동구 태전로 57, 2층 도서출판 지혜
전   화   042-625-1140
팩   스   042-627-1140
전자우편   eji@ji-hye.com
              ejisarang@hanmail.net
애지카페   cafe.daum.net/ejiliterature

ISBN   979-11-5728-568-6   03810
값   12,000원

대전문화재단

* 이 사업은 대전광역시, (재)대전문화재단에서 사업비 일부를 지원 받았습니다.